ՈՍԿԻՆ ՈՒ ԱՐՋՈՒԻ

The Armenian Version of
Goldilocks and The Three Bears

Գրեց
Written by

Թալին Տատեան Ուայթ
Talene Dadian White

Հայրիկին ու մայրիկին
For Mom and Dad

ISBN-13: 978-1475260991
ISBN-10: 1475260997
ArmenianKidsBooks.com

Ժամանակին, հայկական անտառի մը մէջ, կ'ապրեր Արջուկեան ընտանիքը, որ կազմուած էր երեք արջերէ։ Կար Պապա Արջը, Մամա Արջը, եւ Պզտիկ Արջուկը, ու անոնք շատ կը սիրէին հայկական ճաշեր ուտել, ուտել եւ ուտել ։ Այդքան շատ հայկական ճաշ ուտելը տուած էր Պապա Արջին հսկայ, կլորիկ փորիկ մը։ Մամա Արջն ալ մեծ փորիկ ունէր, բայց աւելի փոքր։ Պզտիկ Արջուկը ամենէն փոքր փորիկը ունէր, որը դեռ բաւական մեծ էր պզտիկ արջուկի մը համար։

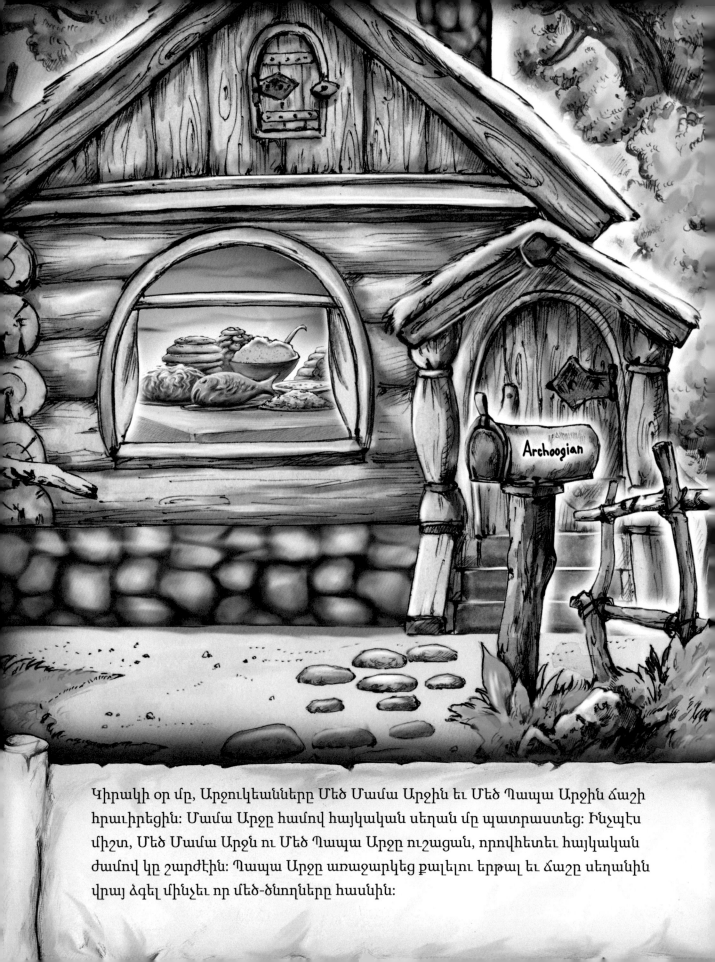

Կիրակի օր մը, Արջուկեանները Մեծ Մամա Արջին եւ Մեծ Պապա Արջին ճաշի հրաւիրեցին: Մամա Արջը համով հայկական սեղան մը պատրաստեց: Ինչպէս միշտ, Մեծ Մամա Արջն ու Մեծ Պապա Արջը ուշացան, որովհետեւ հայկական ժամով կը շարժէին: Պապա Արջը առաջարկեց քալելու երթալ եւ ճաշը սեղանին վրայ ձգել մինչեւ որ մեծ-ծնողները հասնին:

Ապա, Արջուկեան ընտանիքը պտոյտի ելաւ անտառին մէջ, փորիկնին իրենց ծունկերուն վրայ օրօրուելով, եւ ճամբուն վրայ քէֆի երգեր երգեցին :

Նոյն ատեն, անտառին եզերքը փոքրիկ տունի մը մէջ կ'ապրէր Ոսկի անունով հայ աղջիկ մը, որ, արջերուն նման, հայկական ճաշեր կը սիրէր ուտել, ուտել եւ ուտել: Ոսկին սուճուխի եւ հաւկիթի մեծ նախաճաշ մը նոր լափած էր, ու դարակները կը խառնշտկէր գտնելու համար իր ամենէն շատ սիրած անուշեղէնը՝ պուրմա:

Բայց առաջ որ Ոսկին իր թմպլիկ ձեռքերը պուրմային հասցուց, Մայրիկը իրեն խոհանոցէն դուրս քաշեց, որ դադրի ուտելէ եւ տեղը աղուոր պտոյտ մը ընէ անտառին մէջ:

Ոսկին քալելու գնաց, մտիկ ընելով թռչուններուն եւ հիանալով ծառերուն վրայ, եւ վերադարձին, պուրմա ուտելու մասին սկսաւ մտածել: Յանկարծ, ամենէն համով հայկական ճաշի հոտը առաւ: Ոսկին անմիջապէս մոռցաւ թռչունները եւ պուրման, ու հետեւեցաւ ճաշի հոտին:

Ոսկին անակնկալի եկաւ երբ ճիւղերուն ետեւը գտաւ Արջուկեաններուն փոքր տնակը: Օ՛, ի՜նչ սիրունիկ տուն, մտածեց Ոսկին: Եւ հոնկէ ճաշի հոտ կ՚առնեմ... Դրան վրայ թեթեւ մը զարկաւ, բայց ոչ ոք պատասխանեց: Ոսկին կամաց մը դուռը հրեց ու շուրջը նայեցաւ: Տունը կարծես թէ մարդ չկար, ուրեմն ներս մտաւ:

Ոսկին տունը շրջեցաւ, հետեւելով ճաշի հոտին, որը իրեն տարաւ ուղղակի
նստասենեակի մեզզէի սեղանին։ Նախ քիչ մը պաստրմա փորձեց, բայց շատ
կծու էր։ Յետոյ, քիչ մըն ալ թել պանիր, բայց այդ ալ շատ աղի էր։

Վերջապէս, քիչ մը հաց փորձեց, որը շատ համեղ էր ու նոր եփուած: «Համո՛ վ», գոչեց Ոսկին, ու չփչփացնելով կերաւ լման հացը, վերջաւորութեան ալ մեծ «Կը՛րթ» մը ընելով:

Քիչ ետքը, Ոսկին դեռ անօթի էր եւ համով հոտերուն հետեւեցաւ մինչեւ
ճաշասենեակին սեղանը: Նախ քիչ մը ձուկ համտեսեց, բայց շատ ձուկի համ
ունէր: Ապա, քիչ մը սալաթա փորձեց, բայց այդ ալ շատ թթու էր:

Վերջապէս, քիչ մը փիլաւ փորձեց, որ շատ հիանալի էր: «Համո՜վ», գոչեց Ոսկին, կուլ տալով փիլաւի ամբողջ ամանը, եւ վերջաւորութեան ալ մեծ «Բը՜րթ» մը ընելով:

Արդէն Ոսկիին փորիկը սկսեր էր բաւական լեցուիլ, բայց ինչպէս որ միշտ, անուշեղէնի մը տեղ դեռ կար: Անցաւ եւտեւի բակը, ուր Մամա Արջը քանի մը քաղցրեղէն դրած էր: Նախ, Ոսկին քիչ մը անուշապուր համտեսեց, բայց շատ քաղցր էր: Յետոյ փորձեց դուրապիայէ խմորեղէն, բայց շատ կարագոտ էին: Վերջապէս, քիչ մը պուրմա փորձեց, իր ամենասիրածը... Իր կերած պուրմաներէն ամենէն լաւն էր. շերտ-շերտ, քաղցր եւ համեղ: «Համո՛վ», գոչեց Ոսկին ու պուրմայի լման ափսէն վերջացուց:

Քաղցրեղէնէն ետք, Ոսկին հազիւ կրնար շարժիլ, քանի որ փորիկը այնչափ լեցուն էր: Ուտելէն յոգներ էր եւ որոշեց մօտիկը յարդին վրայ երկննալ: Շուտով, խոր քունի անցաւ, երազելով տուն երթալու եւ քիչ մըն ալ եւս պուրմա ուտելուն մասին:

Մինչ այդ, Արջուկեան ընտանիքը իրենց պտոյտէն վերադարձած էր, ու անօթի՝ կ'ուզէին ճաշի նստիլ: Մեծ Մամա Արջն ու Մեծ Պապա Արջը վերջապէս ժամաներ էին, եւ բոլորն ալ նստասենեակ անցան մեզզէները վայելելու: Բայց երբ հոն հասան, շատ տարօրինակ բան մը նշմարեցին: Պապա Արջը ըսաւ. «Մէկը պաստրմայէն կերեր է...»:

Ապա, Մամա Արջը ըսաւ. «Մէկը թել պանիրէն կերեր է...»:

Վերջապէս, Պզտիկ Արջուկը լացաւ. «Մէկը հացը կերեր է եւ բոլորը լմնցած է... Վա՛ա՛ա՛ա՛հ...»

Շուարած արջերը մտահոգ նայեցան հացի պարապ կողովին, բայց որոշեցին, ինչպէս որ ծրագրած էին, իրենց ընթրիքը շարունակել:

Կամաց մը գացին դէպի ճաշասենեակը եւ նշմարեցին որ հոն ալ տարօրինակ բան մը կար:

Պապա Արջը ըսաւ. «Մէկը ձուկէն կերեր է...»

Մամա Արջը ըսաւ. «Մէկը սալաթայէն կերեր է...»

Վերջապէս, Պզտիկ Արջուկը լացաւ. «Մէկը փիլաւը կերեր է եւ բոլորը լմնցած է... Վա՜ա՜ա՜ա՜հ...»

«Մի՜ նեղուիր, Պզտիկ», ըսաւ Մամա Արջը: «Երթանք բակը հանգիստ նստինք ու քիչ մը անուշեղէն վայելենք»:

Արջուկեանները դէպի եռեւի բակը գացին, Պզտիկ Արջուկը փաթթուկներով ու պաչիկներով հանդարտեցնելով: Բայց երբ հոն հասան, ուրիշ տարօրինակ բան մը նշմարեցին:

Պապա Արջը ըսաւ. «Մէկը անուշապուրէն կերեր է...»:

Մամա Արջը ըսաւ. «Մէկը դուրապիայէն կերեր է...»:

Վերջապէս, Պզտիկ Արջուկը լացաւ. «Մէկը ամբողջ պուրման կերեր է եւ նայեցէ՛ք: Տակաւին հոս է...»:

Ոսկին ծանր շունչի եւ կլկլացող փորիկներու ձայնը առաւ ու անմիջապէս արթնցաւ։ Արջուկեան ընտանիքը շուրջը հաւաքուած էր, իրենց մեծ, կլոր փորիկները իր դէմքին վրայ կախած։

«Օգնութի՛ւն», ճչաց Ոսկին ու յարդին վրայէն ցատկեց: Տան մէջէն
վազեց ու առջեւի դռնէն դուրս թռաւ:

Որքան կրնար արագ կը վազէր անտառին մէջէն երբ լսեց Պզտիկ Արջուկը
որ կը կանչէր. «Ետ եկո՛ւր։ Մեզի միացի՛ր»։

Ոսկին այդքան վատ զգաց որ առանց հրաւէրի արջերուն տնակը մտեր էր ու անոնց ճաշերը կերեր էր, որ վերադարձաւ եւ ըսաւ. «Կը ներէ՛ք»: Արջերը հաճոյքով շնորհակալութիւն յայտնեցին իր ներողութիւն խնդրելուն ու, հայկական ջերմ ընդունելութեամբ, հրաւիրեցին Ոսկին իրենց ճաշին միանալու:

Այդ օրէն, Ոսկին սիրուած հիւր էր Արջուկեաններուն տունը։ Յաճախ կ'այցելէր արջերուն ու կը վայելէր Մամա Արջին շատ մը համով հայկական կերակուրներն ու պուրմայի անուշեղէնները։

Ոսկին եւ Արջուկեանները երջանիկ ապրեցան մինչեւ վերջ։

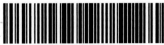

Made in the USA
Middletown, DE
29 April 2017